Apparitions
récit fantastique

Ivan Tourgueniev

APPARITIONS

I

Je ne pouvais dormir et m'agitais en vain dans mon lit d'un côté et de l'autre. — Le diable soit des tables tournantes, pensais-je, qui vous agacent les nerfs ! — Pourtant je commençais à m'assoupir lorsque je crus entendre résonner près de moi une corde d'instrument ; elle rendait une note triste et tendre.

Je soulevai la tête. En ce moment la lune venait de dépasser l'horizon, et ses rayons tombaient sur mon visage. Blanc comme la craie était le parquet de ma chambre à l'endroit éclairé par la lune. Le bruit se renouvela, et cette fois plus distinct.

Je m'appuyai sur le coude. Le cœur me battait un peu… Une minute se passa, puis une autre… Quelque part, au loin, un coq chanta ; plus loin encore, un autre coq lui répondit. Ma tête retomba, sur l'oreiller. — Me voilà bien ! me dis-je. Est-ce que les oreilles me tinteront toujours ?

Enfin je m'endormis, — ou je crus m'endormir. J'avais des rêves étranges. Je m'étonnais de me trouver couché dans ma chambre, dans mon lit,… sans pouvoir fermer les yeux. — Encore le même bruit ! Je me retourne. Le rayon de la lune sur le parquet commence doucement à se rassembler,… à prendre une forme… Il s'élève… Debout devant moi, transparente comme un brouillard, se dresse une figure blanche de femme.

— Qui est là ? demandai-je en faisant un effort. Une voix faible comme le bruissement du feuillage répond : — C'est moi, moi ; je viens te voir.

— Me voir ! Qui es-tu ?

— Viens à la nuit, au coin du bois, sous le vieux chêne ; j'y serai.

Je veux regarder les traits de cette mystérieuse figure et je frissonne involontairement. Je me sens comme, transi de froid. Je suis, non plus couché, mais assis sur mon lit, et à la place où j'ai cru voir un fantôme il n'y a plus qu'un blanc rayon de la lune s'allongeant sur le parquet.

II

Le jour tarda bien à se faire. Je voulus lire, travailler !… Rien n'allait. Enfin la nuit vint ; mon cœur battait dans l'attente de quelque événement. Je me couchai le visage tourné vers la muraille…

— Pourquoi n'es-tu pas venu ? murmura une petite voix, faible, mais distincte, tout près de moi dans ma chambre.

C'est elle ! le même fantôme mystérieux avec ses yeux immobiles, son visage immobile, le regard plein de tristesse !

— Viens ! murmura-t-elle de nouveau.

— J'irai ! répondis-je, non sans effroi. Le fantôme parut faire un mouvement vers mon lit. Il chancela,… sa forme devint confuse et troublée comme une vapeur. Au bout d'un instant, il n'y avait plus que le blanc reflet de la lune sur le parquet poli.

III

Je passai toute la journée suivante dans une grande agitation. A souper, je bus presque toute une bouteille de vin. Un instant je sortis sur le perron, mais je rentrai presque aussitôt et me jetai sur mon lit ; mon pouls battait avec force.

Encore une fois ce frémissement de corde se fit entendre. Je frissonnais et n'osais regarder… Tout à coup… il me sembla que quelqu'un, posant ses mains sur mes épaules par derrière, murmurait à mon oreille : — Viens, viens, viens ! — Tremblant, je répondis avec un grand soupir : —

Me voici ! — et je me soulevai sur mon lit. La femme blanche était là, penchée sur mon chevet ; elle me sourit doucement et disparut aussitôt. Pourtant j'avais pu jeter un regard sur son visage : il me sembla que je l'avais vue quelque part, mais où et quand ?… Je me levai fort tard, et toute la journée je ne fis que me promener dans les champs. Je m'approchai du vieux chêne à la lisière du bois, et j'examinai avec soin tous les alentours. Vers le soir, je m'assis à la fenêtre dans mon cabinet, ma vieille femme de charge m'apporta une tasse de thé, mais je n'y touchai pas. Je ne pouvais prendre une résolution, et je me demandais à moi-même si je ne devenais pas fou. Cependant le soleil allait disparaître ; au ciel, pas un nuage. Soudain le paysage prit une teinte de pourpre presque surnaturelle ; vernissés de cette teinte laqueuse, le feuillage, l'herbe, n'avaient plus d'ondulations, et semblaient pétrifiés. Cet éclat, cette immobilité, la rigidité des contours, avec le silence de mort régnant sur la nature, avaient quelque chose d'étrange et d'inexplicable. Sans s'annoncer par le moindre bruit, un assez gros oiseau brun s'abattit tout à coup sur le bord de ma fenêtre ; je le regardai, lui aussi me regarda, de côté, de ses yeux ronds et profonds. — On t'envoie sans doute, pensai-je, pour que je n'oublie pas le rendez-vous.

Un moment après, l'oiseau agita ses ailes doublées de duvet et s'envola sans plus de bruit qu'il n'était venu. Longtemps encore je demeurai assis à ma fenêtre, mais déjà toute irrésolution avait cessé. Je me sentais pris dans un cercle magique. Inutile de résister, entraîné que j'étais par une force secrète : c'est ainsi qu'une barque est inévitablement emportée par des rapides à la cataracte qui doit l'abîmer. Je me secouai enfin ; la couleur empourprée du paysage avait disparu, ses teintes brillantes s'étaient assombries et allaient bientôt s'éteindre dans l'obscurité favorable aux enchantemens. Un vent léger s'élevait, et la lune montait brillante dans le ciel bleu ; sous ses froids rayons, les feuilles des arbres tremblotaient, tantôt noires, tantôt argentées. Ma femme de charge entrait avec une bougie allumée, mais une bouffée de vent arriva de la fenêtre et l'éteignit. Je me levai brusquement, j'enfonçai mon chapeau sur mes yeux, et me dirigeai à grands pas vers le coin du bois où était le vieux chêne.

IV

Il y avait bien des années que ce chêne avait été frappé de la foudre : sa cime avait été brisée et était morte, mais, le reste de l'arbre avait encore de la vie pour plusieurs siècles. Comme je m'approchais, un petit nuage passait devant la lune, et il faisait très sombre sous l'épais feuillage du chêne. D'abord je ne remarquai rien d'extraordinaire, mais en portant mes regards de côté, — et cependant mon cœur battait avec violence, — j'aperçus une figure blanche, immobile auprès d'un buisson, entre le chêne et le bois. Mes cheveux se dressaient sur ma tête, j'avais peine à respirer. pourtant je m'avançai vers le bois.

C'était bien elle, ma visiteuse nocturne. Au moment où je m'approchai d'elle, la lune sortit du nuage qui l'obscurcissait. Le fantôme me parut formé d'un brouillard laiteux, à demi transparent. Au travers de son visage, je distinguais derrière sa tête une ronce balancée par le vent. Seulement ses yeux et ses cheveux étaient d'une teinte plus sombre. J'observai encore qu'à un de ses doigts, tandis qu'elle tenait ses mains entre-croisées, elle avait un petit anneau d'or, pâle et brillant. Je m'arrêtai à deux pas d'elle et voulus lui adresser la parole, mais ma voix expira dans ma gorge, et pourtant ce n'était pas précisément une sensation de terreur que j'éprouvais. Elle tourna ses yeux vers moi. Son regard n'exprimait ni la tristesse ni la gaîté, rien qu'une attention morne. J'attendais qu'elle parlât, mais elle demeurait muette, immobile, attachant sur moi un regard fixe et mort.

— Me voici ! m'écriai-je enfin d'un effort suprême. Ma voix retentit avec un son sourd et rauque.

— Je t'aime, répondit-elle de sa petite voix.

— Tu m'aimes ! m'écriai-je stupéfait.

— Donne-toi à moi, dit-elle.

— Me donner à toi ! mais tu es un fantôme, tu n'as pas de corps ! — Toutes mes idées étaient bouleversées. — Qui es-tu ? Une vapeur, un brouillard, une forme aérienne ?… Que je me donne à toi !… D'abord apprends-moi qui tu es. As-tu vécu sur la terre ? D'où viens-tu ?

— Donne-toi à moi. Je ne te ferai pas de mal. Dis seulement ces deux mots : *Prends-moi.*

Je la regardais ébahi. — Que me dit-elle ? que signifie tout cela ? . pensais-je. Tenterai-je l'aventure ?…

— Eh bien ! m'écriai-je tout d'un coup et avec une force inattendue, comme si quelqu'un m'eût poussé par derrière : Prends-moi !

À peine avais-je prononcé ces mots que la mystérieuse figure, avec un sourire intérieur qui fit trembler un instant tous ses traits, s'avança vers moi ; ses mains se désunirent et s'allongèrent… Je voulus sauter en arrière, mais déjà j'étais en son pouvoir. Elle me tenait dans ses bras ; Mon corps était enlevé de terre d'une demi-archine, et tous deux nous volions modérément vite au-dessus de l'herbe immobile.

V

Tout d'abord la tête me tourna, et involontairement je fermai les yeux. Quand je les rouvris un moment après, nous volions toujours, et déjà je ne voyais plus mon bois. Au-dessous de nous s'étendait une plaine couverte de taches sombres. Je m'aperçus avec stupéfaction que nous étions à une hauteur prodigieuse.

— Je suis au pouvoir du démon ! — Cette pensée me frappa comme un coup de foudre. Jusqu'alors l'idée du pouvoir diabolique, de ma perdition possible, ne s'était pas présentée à mon esprit… Et cependant nous volions toujours, et il me semblait que nous nous élevions de plus en plus.

8

— Où m'emportes-tu ? m'écriai-je enfin.

— Où tu voudras, répondit ma compagne en me serrant plus étroitement dans ses bras. Son visage touchait le mien, et pourtant c'est à peine si j'en sentais le contact.

— Remets-moi à terre. Je me trouve mal à mon aise à cette hauteur.

— Bien ! mais ferme les yeux et ne respire pas.

J'obéis, et aussitôt il me sembla que je tombais comme une pierre. Le vent fouettait mes cheveux… Lorsque je pus retrouver mon sang-froid, je vis que nous volions lentement au-dessus de terre, rasant les tiges des hautes herbes.

— Dépose-moi ici, lui dis-je. Quelle idée de voler ! Je ne suis pas un oiseau.

— Je croyais te faire plaisir. Pour nous, nous ne faisons pas autre chose.

— Vous ?… mais qui êtes-vous ?

Point de réponse.

— Tu n'oses me le dire ?

Un son plaintif, semblable à cette note mélancolique qui m'avait réveillé la première nuit, résonna à mon oreille, et toujours nous volions près de terre dans l'atmosphère humide.

— Dépose-moi donc à terre, lui dis-je. Elle baissa la tête en signe d'obéissance, et je me trouvai sur mes pieds. Elle demeura debout devant moi, et de nouveau ses mains se joignirent dans l'attitude de l'attente. Je commençais à me rassurer et je me mis à la considérer avec attention. Comme la première fois, son expression me parut celle d'une résignation triste.

— Où sommes-nous ? lui demandai-je, car je ne reconnaissais pas le lieu où nous nous étions arrêtés.

— Loin de ta maison ; mais nous pouvons y être dans un moment.

— Comment cela ?… Me fierai-je encore à toi ?

— Je ne t'ai pas fait de mal et je ne t'en ferai pas. Nous volerons ensemble jusqu'à l'aube ; voilà tout. Partout où ira ta pensée, je puis te porter, dans tous les pays de la terre. Donne-toi à-moi… Dis encore : *Prends-moi.* — Eh bien ! prends-moi !

Ses bras m'enlacèrent de nouveau ; je perdis terre, et nous recommençâmes à voler.

VI

— Où veux-tu aller ? me demanda-t-elle.

— Tout droit devant nous.

— Mais voici une forêt.

— Passons au-dessus ; mais pas si vite.

Aussitôt nous nous élevâmes en tournoyant comme la bécasse qui gagne la cime d'un bouleau, puis nous reprîmes la ligne droite. Ce n'étaient plus les herbes, c'étaient les sommets des grands arbres qui semblaient glisser sous nos pieds : étrange spectacle que cette forêt vue d'en haut avec ses sommités hérissées qu'éclairait la lune ! On eût dit un énorme animal étendu, endormi et ronflant avec un grondement sourd et indistinct. Par momens nous passions au-dessus d'une clairière, et j'admirais la ligne d'ombre dentelée que projetaient les arbres. De temps en temps un lièvre faisait entendre son cri plaintif. Plaintif aussi était le chant de la chouette. L'air nous apportait les effluves des champignons, des bourgeons, de l'herbe humide. La lune nous versait les flots de sa froide lumière, et les étoiles brillaient scintillantes au-dessus de nos têtes. Bientôt la forêt disparut derrière nous. Nous vîmes une plaine où se dessinait une longue ligne de vapeur grise : elle marquait le cours d'une rivière. Nous suivîmes une de ses rives au-dessus de buissons affaissés sous la rosée. L'eau tantôt reluisait d'un éclat bleuâtre, tantôt tourbillonnait sombre et menaçante. Par places, quelques flocons de vapeur tremblotaient au-dessus du courant. Je voyais çà et là des lis d'eau étaler leurs blancs pétales, montrant leurs trésors de beauté comme des vierges qui se croient à l'abri de tout outrage. Je voulus cueillir une fleur, et déjà je touchais presque le miroir de l'eau, mais une humidité désagréable me jaillit au visage au moment où j'arrachais la rude tige d'un lis.

Nous nous mîmes à voler d'une rive à l'autre à la manière des courlis, et de fait nous en faisions lever à chaque instant. Plus d'une fois nous passâmes au-dessus de jolies nichées de canards sauvages, rassemblés en un petit groupe au milieu des roseaux. Ils ne s'envolaient pas. Un d'eux retirait précipitamment sa tête de dessous son aile, regardait, regardait,… puis, non sans peine, remettait son bec sous le duvet soyeux, tandis que ses compagnons laissaient échapper un faible *couin, couin.* Nous réveillâmes un héron dans un buisson de cytise. En le voyant sauter en pieds et secouer gauchement ses ailes, je crus voir un Allemand. Quant aux poissons, nous n'en aperçûmes pas un seul : tous dormaient au fond. Je commençais à m'habituer à la sensation de voler et même à y trouver du plaisir. Quiconque a rêvé qu'il volait me comprendra. Complètement rassuré, je m'appliquai à bien observer l'être étrange à qui je devais de jouer un rôle dans cette incroyable aventure.

VII

C'était une jeune femme dont les traits n'avaient rien du type russe. Sa forme d'un blanc grisâtre, à demi transparente, des ombres à peine indiquées rappelaient ces figures sculptées sur un vase d'albâtre qu'une lampe éclaire à l'intérieur. Il me sembla de nouveau que ses traits ne m'étaient pas inconnus.

— Puis-je te parler ? lui demandai-je.

— Parle.

— Je te vois un anneau au doigt… As-tu vécu sur la terre ? As-tu été mariée ? — Je m'arrêtai ; elle ne répondait pas.

— Comment t'appelles-tu ? ou comment t'appelait-on ?

— Appelle-moi Ellice.

— Ellice ? C'est un nom anglais. Es-tu Anglaise ?... M'as-tu connu autrefois ?

— Non.

— Pourquoi es-tu venue m'apparaître ?

— Je t'aime.

— Es-tu heureuse ?

— Oui... Planer, voler avec toi dans l'air pur ! ..

— Ellice, m'écriai-je tout à coup, n'es-tu pas réprouvée ? N'es-tu pas une âme en peine ?

— Je ne te comprends pas, murmura-t-elle, baissant la tête.

— Au nom de Dieu, je t'adjure,... commençais-je. Elle m'interrompit.

— Que me dis-tu là ? reprit-elle, comme si elle ne me comprenait pas. Je ne sais ce que tu veux dire. — Je crus sentir que la main froide dont elle me soutenait tremblait légèrement.

— N'aie pas peur, reprit-elle. Ne crains rien, ami. — Son visage se pencha sur le mien. Sur mes lèvres, je sentis une sensation étrange, quelque chose comme la piqûre d'un aiguillon émoussé,.. comme l'attouchement d'une sangsue qui ne mord pas encore.

VIII

Nous planions à une hauteur considérable. Je regardai en bas. Nous passions au-dessus d'une ville à moi inconnue, bâtie sur le penchant d'une haute colline. Des églises s'élevaient au-dessus de sombres massifs de verdure. Un grand pont se détachait en noir sur la rivière dans un de ses tournans. Des coupoles dorées, des croix de métal brillaient d'un éclat amorti. Silencieuses se dessinaient sur le ciel les longues perches des puits parmi des bouquets de cytises. Silencieuse également une chaussée blanchâtre semblait une raie étroite traversant la ville d'un bout à l'autre, et allait se perdre dans l'obscurité d'une plaine sans ondulations.

— Quelle est cette ville ? demandai-je à Ellice.

— N.

— Dans le gouvernement de *** ?

— Oui.

— Nous sommes bien loin de chez moi.

— Pour nous point de distance.

— En vérité ? — Une audace soudaine s'empara de moi. — Porte-moi dans l'Amérique du Sud.

— Impossible. Il y fait jour.

— Ah ! et nous sommes des oiseaux de nuit… Eh bien ! n'importe où, mais bien loin.

— Ferme les yeux et ne respire pas, répondit Ellice, et nous volerons rapides comme l'ouragan.

Aussitôt l'air siffla à mes oreilles avec un bruit déchirant. Nous nous arrêtâmes bientôt, mais le bruit ne cessait pas : au contraire il redoublait. C'était comme un hurlement terrible, un immense fracas.

— A présent ouvre les yeux, me dit Ellice.

IX

J'obéis. — Bon Dieu ! où suis-je ?

Sur nos têtes des nuages bas, lourds, épais, se pressant, se poussant comme une meute de monstres en fureur ; — au-dessous de nous, un autre monstre, une mer enragée, oui, enragée. Lancée par convulsions, une écume blanche s'élève en montagnes bouillonnantes, des vagues déchirées battent avec un fracas brutal des rochers plus noirs que la poix. Le mugissement de la tempête, le souffle glacé sortant du fond des abîmes, le retentissement de la lame heurtant les falaises, ressemblent tantôt à une immense lamentation, tantôt à une décharge d'artillerie dans le lointain : maintenant on croit entendre le tintement des cloches, un instant après c'est le grincement des galets roulant sur le rivage. Parfois le cri d'une mouette invisible retentit à mon oreille. Sur une échappée de ciel glisse la silhouette incertaine d'un vaisseau. Partout la mort, la mort et l'épouvante !… La tête me tournait, et de nouveau je fermai les yeux saisi d'horreur.

— Qu'est cela ? où sommes-nous ?

— Sur la côte sud de l'île White, devant les rochers de Black-gang, où bien souvent se perdent des vaisseaux, répondit Ellice avec une maligne expression de joie, à ce qu'il me sembla.

— Emporte-moi loin d'ici ! loin d'ici ! chez moi.

Je me pelotonnai en me couvrant les yeux. Il me sembla que nous volions avec plus de rapidité encore que tout à l'heure. Le vent était tombé, et pourtant je sentais dans mes habits, dans mes cheveux le frôlement de l'air. Je ne pouvais respirer.

— Mets-toi sur pied, me dit Ellice.

Je fis un effort pour reprendre mes esprits. Je sentais la terre sous mes pieds, et je n'entendais aucun bruit. Tout autour de moi paraissait mort ; mais le sang battait à mes tempes avec violence, et je sentais dans ma tête un tintement singulier. Peu à peu l'étourdissement se dissipa ; je me redressai et j'ouvris les yeux.

X

Nous étions sur la chaussée de mon étang. Droit devant nous, au travers d'une rangée de saules, on voyait une grande nappe d'eau au-dessus de laquelle flottaient quelques flocons de brouillard : — à droite, la verdure terne d'un champ de seigle ; à gauche, sortant de la brume, mon verger avec ses grands arbres immobiles et grisâtres. Déjà l'aube commençait à les atteindre. Sur le ciel pâle s'étendaient en raies obliques deux ou trois petits nuages qui semblaient dorés, atteints qu'ils étaient par le premier rayon de l'aurore, partant Dieu sait de quel point de l'horizon, car dans le blanc uniforme du ciel rien n'annonçait de quel côté le soleil allait se montrer. Les étoiles disparaissaient l'une après l'autre. Rien ne bougeait encore, et cependant déjà toute la nature semblait se réveiller dans un demi-jour aux teintes enchantées.

— Voici le jour, me dit Ellice à l'oreille. Adieu, à demain !

Je me tournai vers elle ; déjà elle avait quitté terre et s'élevait en l'air devant moi. Tout à coup je la vis porter ses deux mains au-dessus de sa tête. Cette tête, ces mains, ces épaules avaient revêtu soudain une couleur de vie, dans ses regards profonds brillaient des étincelles ; un sourire d'une mystérieuse mollesse se jouait sur ses lèvres rougissantes,… une charmante jeune fille m'apparaissait…. Cela ne dura qu'un instant. Comme saisie d'un éblouissement, elle se rejeta en arrière et fondit aussitôt telle qu'une vapeur. Quelque temps je demeurai stupéfait, immobile. Quand je fus en état d'observer, il me sembla que cette beauté corporelle, que ces teintes d'un rose pâle n'avaient pas encore complètement disparu, et qu'en se résolvant dans l'air elle n'avait pas cessé pourtant de planer autour de moi. L'aube peut-être la colorait ; Je me sentais un peu fatigué, et je me dirigeai vers la maison. En passant devant le poulailler, j'entendis les oisons qui caquetaient. Ce sont les premiers oiseaux à se réveiller… Le long du toit, à l'extrémité des perches qui retiennent le chaume, il y avait des corneilles en sentinelle. Toutes, fort empressées de faire leur toilette matinale, se profilaient nettement sur un ciel laiteux. Par momens toutes se levaient à la fois et s'envolaient pour aller à quelques pas se ranger en ligne, sans faire un cri. Dans le bois voisin, par deux fois retentit le gloussement enroué du coq de bruyère, déjà en quête de baies sauvages dans la verdure humide. Pour moi, me sentant gagner par un léger frisson, j'allai me jeter sur mon lit, et bientôt un lourd sommeil s'empara de moi.

XI

La nuit suivante, lorsque je m'approchai du vieux chêne, Ellice vint à ma rencontre comme une vieille connaissance. De mon côté, toute crainte avait disparu, et je la retrouvai presque avec plaisir. J'avais cessé de faire des efforts pour comprendre mon aventure, et je ne pensais plus qu'à voler encore et à satisfaire ma curiosité.

Bientôt le bras d'Ellice m'enlaça, et nous prîmes notre essor.

— Allons en Italie, lui dis-je à l'oreille.

— Où tu voudras, ami, répondit-elle doucement, mais avec un petit ton de triomphe. Doucement et triomphalement elle pencha sa tête vers moi. Je crus remarquer que son visage était moins transparent que la veille, ses traits plus féminins, moins vaporeux ; elle me rappelait cette admirable apparition que j'avais eue la veille au moment de nous séparer.

— Cette nuit, continua Ellice, c'est la grande nuit. Elle vient rarement ; quand six fois trente…

Ici je perdis quelques mots.

— … Alors, poursuivit-elle, on peut voir ce qui est caché en d'autres temps.

— Ellice ! lui dis-je d'un ton suppliant, qui es-tu ? Dis-le-moi à la fin !

Sans répondre, elle étendit sa longue et blanche main. De son doigt sur le ciel sombre, elle indiquait un point où, parmi de petites étoiles, brillait une comète d'aspect rougeâtre.

— Comment te comprendre ? m'écriai-je. Vis-tu comme cette comète, errante entre les planètes et le soleil ? Vis-tu parmi les hommes ? ou bien… ? — Mais la main d'Ellice se porta tout à coup sur mes yeux. J'étais enveloppé d'un brouillard blanc sorti d'une vallée.

— En Italie ! en Italie ! murmurait-elle. Cette nuit c'est la grande nuit !

XII

Le brouillard se dissipa, et je vis au-dessous de nous une plaine sans fin ; mais déjà la sensation d'un air mou et tiède sur mes joues m'avait averti que je n'étais plus en Russie, et d'ailleurs cette plaine ne ressemblait pas aux nôtres : c'était une immense surface, terne, sans herbes, déserte. Ça et là sur toute la plaine, semblables aux morceaux d'un miroir cassé, brillaient des flaques d'eau stagnante, Plus loin on distinguait vaguement une mer immobile et sans bruits. De grandes étoiles scintillaient dans les intervalles de beaux nuages bien découpés. Et de toutes parts s'élevait un trille fredonné par mille voix, incessant, mais peu élevé. Ces tons criards et endormans étaient les voix du désert.

— Les marais pontins, dit Ellice. Entends-tu les grenouilles ? Sens-tu le soufre ?

— Les marais pontins ! — Et un sentiment d'immense découragement me saisit. — Pourquoi me mener dans ce pays triste et maudit ? Nous ferions mieux d'aller à Rome.

— Rome est proche, dit-elle, prépare-toi.

Nous prîmes notre vol au-dessus de l'antique voie latine. Plongé dans un bourbier visqueux, un buffle leva sa tête difforme couronnée de soies courtes et aiguës, et secoua ses cornes recourbées en arrière. Il montrait le blanc de ses yeux méchans et stupides en soufflant avec force. Sans doute il nous avait sentis.

— Rome ! voici Rome ! dit Ellice, regarde devant toi.

Quelle est cette masse noire au-dessus de l'horizon ? Sont-ce les arches d'un pont de géans ? Quel fleuve traverse-t-il ? Pourquoi est-il démoli par places ? Non, ce n'est pas un pont, c'est un aqueduc antique. Voici bien la sainte campagne romaine ; là-bas, les monts Albains. Leurs sommets et la fabrique grisâtre de l'aqueduc s'éclairent faiblement aux rayons de la lune qui se lève. Bientôt après nous nous trouvions devant une ruine isolée. Personne n'eût su dire ce qu'elle avait été, un tombeau, un palais, des thermes ?… Un lierre noir l'enveloppait de sa triste étreinte, et dans le bas, telle qu'une gueule béante, s'ouvrait la voûte à demi effondrée d'un souterrain. Je fus frappé d'une forte odeur de sépulcre sortant de toutes ces petites pierres si bien appareillées, dont le revêtement de marbre avait depuis longtemps disparu. — Ici ! continua Ellice en étendant la main, ici ! Prononce à haute voix, trois fois de suite, le nom d'un grand Romain.

— Qu'arrivera-t-il ?

— Tu verras.

— Je réfléchis un instant. — *Divus Caïus Julius Cæsar* ! m'écriai-je. — *Divus Caïus Julius Cæsar* ! répétai-je en prolongeant le son. — *Cæsar* !…

XIII

Les derniers éclats de ma voix retentissaient encore, quand j'entendis,… mais je désespère d'écrire ce que j'éprouvai. — D'abord ce fut un bruit confus, à peine perceptible pour l'oreille et sans cesse répété, de trompettes et de battemens de mains. Il me semblait que quelque part dans un éloignement prodigieux, ou dans un abîme sans fond, s'agitait une foule innombrable : elle s'élevait, elle montait en flots pressés, toujours poussant des cris, mais de ces cris étouffés, tels qu'ils s'échappent de la poitrine dans ces rêves accablans qu'on croit durer des siècles ; puis l'air se troubla et s'assombrit au-dessus de la ruine. Alors commencèrent à sortir, à défiler des ombres, des myriades d'ombres, des millions de formes, les unes s'arrondissant en casques, les autres se projetant comme des piques. Les rayons de la lune se divisaient en d'innombrables étincelles bleues sur ces piques et ces casques, et toute cette armée, toute cette multitude se pressait, s'approchait de plus en plus, grandissait… On la sentait animée d'une indicible énergie, capable de soulever le monde. Pas une forme cependant n'était distincte… Soudain un mouvement étrange agite toute cette foule : ses flots s'écartent, se retirent. *Cæsar ! Cæsar venit* ! répètent mille voix confuses, semblables au frémissement des feuilles dans une forêt où s'abat l'ouragan. Un coup sourd retentit, et une tête pâle, sévère, ceinte d'une couronne de lauriers aux feuilles étalées, la tête de l'*imperator*, sortit lentement de la ruine.

Non, il n'y a pas de mots dans une langue humaine pour exprimer l'épouvante qui s'empara de moi. Je me dis que si cette tête ouvrait les yeux, si ces lèvres se desserraient, j'allais mourir à l'instant. — Ellice, m'écriai-je, je ne veux pas, je ne puis pas !… Ote-moi de Rome, de cette terrible Rome ! Partons !

— Cœur faible ! murmura-t-elle, et nous reprîmes notre essor. Derrière moi, j'entendis un bruit de fer et le cri immense cette fois des légions romaines ; puis tout devint sombre.

XIV

— Regarde, me dit Ellice, et calme-toi.

Je me souviens que ma première sensation fut si douce, que d'abord je ne pus que soupirer. Je ne sais quoi d'un azur vaporeux, de mollement argentin, ni lumière, ni brouillard, m'enveloppait. D'abord je ne distinguais rien, mais je m'abandonnais à une sorte d'engourdissement de béatitude, lorsque se dessinèrent à mes yeux les nobles profils de belles montagnes boisées. Un lac s'étendait devant moi avec des étoiles tremblotantes dans la profondeur de ses eaux. J'entendais le doux murmure du flot clapotant sur le rivage. Je respirais librement le parfum des orangers, et en même temps aussi libres, aussi pures, s'élevaient les notes brillantes d'une voix de jeune femme… Attiré, fasciné par ces parfums et cette voix, je voulus descendre. Nous étions devant une charmante maison de marbre adossée à un massif de cyprès. Les sons partaient des fenêtres tout ouvertes. Le lac, semé de pétales d'orangers, battait de ses douces ondulations les murs du palais, et droit en face une île revêtue de la sombre verdure des orangers et des lauriers, enveloppée d'une vapeur lumineuse, couverte de portiques, de colonnades, de temples, de statues, se dressait du sein des eaux haute et arrondie.

— L'Isola-Bella, le Lac-Majeur, dit Ellice.

Je ne répondis que : Ah ! Et je voulus m'arrêter. — La voix de la chanteuse s'élevait toujours plus éclatante, exerçant sur moi une attraction toujours plus forte. Je voulus voir la figure de celle qui faisait entendre de tels accens par une telle nuit. Nous étions près de la fenêtre.

Au milieu d'un salon meublé dans le style de Pompéi, et plus semblable à un musée d'antiquités qu'à un appartement moderne, entourée de sculptures grecques, de vases étrusques, de plantes rares, de tissus précieux, éclairée d'en haut par deux lampes entérinées dans des globes de cristal, une jeune femme était assise devant un piano. La tête légèrement inclinée, les yeux à demi clos, elle chantait un air italien. Elle chantait et souriait ; grave, sévère même, sa physionomie respirait la tranquillité absolue de l'âme… Elle souriait cependant, et un faune de Praxitèle, jeune et paresseux comme cette belle fille, comme elle un enfant gâté aux tendres passions, souriait aussi, comme il me semblait, sur sa base de marbre, parmi des vases de lauriers-roses, au milieu de la légère vapeur qui s'échappait d'une cassolette posée sur un trépied antique. C'était une vraie beauté ! Enchanté de sa voix, de sa grâce, enivré de son chant et de la douceur de la nuit, ému jusqu'au fond de l'âme par ce spectacle de jeunesse, de fraîcheur et de bonheur, j'oubliai complètement ma compagne de voyage ; j'oubliai par quelle mystérieuse aventure je pénétrais les secrets d'une existence si éloignée et si étrangère…

Je voulais monter sur la fenêtre et parler…

Tout mon corps trembla d'une commotion violente, comme si j'avais touché une bouteille de Leyde. En dépit de sa transparence, le visage d'Ellice était devenu sombre et menaçant. Dans ses yeux démesurément ouverts brûlait une expression de profonde malignité.

— Partons ! dit-elle brusquement. Et de nouveau le vent, le bruit, l'étourdissement… Au lieu du cri des légions, ce fut la dernière note élevée de la chanteuse qui longtemps vibra dans mes oreilles.

Nous nous arrêtâmes, mais cette note élevée, cette même note résonnait toujours, bien que je sentisse un autre air et d'autres émanations. Une fraîcheur fortifiante m'arrivait comme d'une grande rivière, avec des senteurs de foin, de chanvre, de fumée. À cette note longtemps soutenue succéda une autre note, puis une troisième, mais d'un caractère si prononcé, avec des modulations de moi si connues, que je me dis à l'instant : Voilà un chanteur russe, un air russe ! Et en même temps tous les objets autour de moi m'apparurent distinctement.

XV

Nous étions sur la rive d'un grand fleuve. A gauche s'étendaient à perte de vue des prairies fauchées avec des meules énormes ; à droite, également à perte de vue, on distinguait la surface de l'eau. Près du rivage, de longues barques se balançaient doucement sur leurs ancres, agitant leurs mâts élancés comme des doigts qui font un signal. Dans une de ces barques, d'où partaient les chants, brillait un petit feu dont la lueur se reflétait en longues raies rouges et tremblotantes sur les flots de la rivière. Partout et sur le fleuve et dans la campagne scintillaient d'autres feux. Étaient-ils loin de nous ou rapprochés ? La vue ne pouvait s'en rendre compte. Tantôt ils s'éteignaient brusquement, tantôt on les voyait jaillir en jetant un vif éclat. D'innombrables grillons criaient incessamment dans l'herbe, non moins acharnés que les grenouilles des marais pontins. Le ciel était sans nuages, mais bas et sombre, et de temps en temps des oiseaux invisibles poussaient des cris plaintifs.

— Ne sommes-nous pas en Russie ? demandai-je à mon guide. — Voici le Volga, répondit-elle.

Nous volions le long du fleuve. — Pourquoi m'as-tu arraché tout à l'heure à ce délicieux pays ? lui demandai-je. Il te déplaisait sans doute ; n'aurais-tu pas éprouvé un mouvement de jalousie ?

— Les lèvres d'Ellice tremblèrent, son regard devint menaçant, mais presque aussitôt ses traits reprirent leur immobilité ordinaire.

— Je voudrais retourner chez moi, lui dis-je.

— Attends ! attends ! répondit-elle. Cette nuit, c'est la grande nuit. Elle ne reviendra pas de si tôt. Tu peux assister… Attends un peu…

Aussitôt nous traversâmes le Volga, rasant l'eau obliquement et par élans successifs à la manière des hirondelles fuyant devant la tempête. Les flots profonds murmuraient au-dessous de nous ; un vent aigre nous battait de son aile froide et puissante. Bientôt la rive droite du fleuve disparut dans l'obscurité, et nous aperçûmes des falaises escarpées avec de grandes crevasses. Nous nous en approchâmes.

— Crie : *Saryn na Kitchkou*[2], me dit tout bas Ellice.

J'étais encore mal remis de l'effroi que m'avait causé l'apparition des fantômes romains, fatigué d'ailleurs et en proie à je ne sais quel vague sentiment de tristesse… Bref, le cœur me manquait. Je ne voulais pas prononcer ces paroles fatales, persuadé qu'elles allaient, comme dans la Vallée-au-Loup de *Freyschütz*, faire apparaître quelque prodige effrayant ; mais, malgré moi, mes lèvres s'ouvrirent, et d'une voix faible et forcée je criai : *Saryn na Kitchkou.*

XVI

De même que devant la ruine romaine, tout d'abord demeura silencieux. Tout à coup, à mon oreille même, retentit un gros rire brutal suivi d'un gémissement et du bruit d'un corps tombant dans l'eau et se débattant. Je regardai autour de moi, personne ; mais au bout d'un moment l'écho du rivage me renvoya les mêmes sons, et bientôt de toutes parts s'éleva un vacarme épouvantable. C'était comme un chaos de bruits différens : des cris humains, des coups de sifflet, des vociférations furieuses, avec des rires,… des rires plus effrayans que tout le reste,… le clapotement de rames sur l'eau, des coups de hache, le fracas de portes et de coffres brisés, la plainte d'agrès qu'on manœuvre, le grincement de roues sur la grève, le piétinement d'une multitude de chevaux, le glas du tocsin, le cliquetis des chaînes, le crépitement lugubre de vastes incendies, des chansons d'ivrognes, d'atroces railleries, des lamentations, des prières désespérées, des commandemens militaires, des râlemens de mort mêlés aux sons joyeux du fifre et à la cadence de rondes forcenées. On distinguait ces cris : « tue-le ! pends-le ! à l'eau ! brûle ! à l'ouvrage ! A l'ouvrage ! pas de quartier ! » J'entendais encore les voix haletantes et les derniers soupirs de malheureux expirant dans les flammes,… et cependant, partout où ma vue pouvait s'étendre, rien ne paraissait… Nul changement dans l'aspect du pays. Devant nous, la rivière coulait silencieuse et sombre ; le rivage semblait inculte et désert. Je me tournai vers Ellice : elle posa un doigt sur ses lèvres.

« Stepan Tirnoféitch ! voici Stepan Timoféitch[3] ! » ce cri s'éleva sur toute la plaine. « Vive notre petit père ! notre ataman ! notre père nourricier ! » Soudain il me sembla qu'une espèce de géant se leva tout près de moi. Il criait d'une voix épouvantable : « Frolka[4], où es-tu, chien ? Du feu partout ! Allons ! un coup de hache à ces mains blanches[5] ! qu'on m'en fasse de la chair à pâté ! »

Je sentis la chaleur d'un incendie tout près de moi, avec l'odeur acre de la fumée ; en même temps quelque chose de chaud et de liquide, des gouttes de sang jaillirent sur mon visage et mes mains. Des rires sauvages retentissaient autour de nous.

Je perdis connaissance, et quand je revins à moi, je me retrouvai avec Ellice, planant doucement à la lisière de mon bois, à peu de distance du vieux chêne.

— Vois-tu ce joli petit sentier, me dit-elle, là-bas où tombe la lune, où se balancent ces deux bouleaux ? Veux-tu que nous allions là ?

J'étais si accablé, si brisé, que je ne pus que lui répondre : — A la maison !

— Tu es à la maison, dit Ellice.

En effet, j'étais à ma porte, seul. Ellice avait disparu. Le chien de garde s'approcha, me considéra avec défiance et s'enfuit en hurlant. Je gagnai mon lit, non sans effort, et je m'endormis sans m'être déshabillé.

XVII

Le lendemain, pendant toute la matinée, j'eus la migraine, et c'est à peine si je pus faire quelques mouvemens ; mais ce malaise corporel n'était pas ce qui me préoccupait le plus. J'étais honteux de ma conduite et dépité contre moi-même. « Cœur faible ! me répétais-je. Oui, Ellice a raison ; pourquoi m'effrayer ? pourquoi ne pas profiter de l'occasion ? J'aurais pu voir César en personne, et la peur m'a fait perdre la tête, j'ai piaillé, je me suis enfui comme un enfant à la vue des verges… Quant à Razine, c'était une autre affaire… En ma qualité de gentilhomme et de propriétaire… Mais là encore, pourquoi avoir peur ?… Cœur faible ! cœur faible !

Tout cela d'ailleurs ne serait-ce pas en rêve que je l'aurais vu ? me demandai-je à la fin. J'appelai ma femme de charge.

— Marfa, à quelle heure me suis-je couché hier ? Te le rappelles-tu ?

— Dame ! qui pourrait te le dire, mon père nourricier ? Un peu tard, je crois bien. Quand il a commencé à faire noir, tu es sorti de la maison,… et dans ta chambre à coucher tu tapais de tes talons de bottes jusqu'après minuit… Vers le matin… oui, vers le matin… oui. Et voilà trois jours que cela dure. Est-ce que tu as du chagrin ?

— Bon ! mais ces courses, pensai-je, ces courses en l'air, le moyen d'en douter !… Marfa, quelle mine ai-je aujourd'hui ? lui demandai-je brusquement.

— Quelle mine ? Pardon, que je te regarde… Tu as les joues un petit peu creuses, oui, et tu es pâle, mon père nourricier… Tiens ! et tu es jaune comme cire.

Un peu décontenancé, je renvoyai Marfa.

— J'y mourrai ou j'en perdrai l'esprit, me disais-je, méditant près de ma fenêtre. Il faut que cela finisse, c'est terrible. Le cœur me bat encore horriblement. Quand je vole, il me semble qu'on me boive le sang de mon cœur, ou qu'il se distille, comme le bouleau en été laisse couler sa sève quand il a été entamé par la hache… Tout cela fait frémir… Et Ellice ?… Elle joue avec moi comme un chat avec une souris… Peut-être me garde-t-elle quelque mauvais tour ?… Allons ! c'est la dernière fois que je me fie à elle… Je ferai bien attention… et… Mais si elle buvait mon sang ?… quelle horreur !… D'ailleurs des courses si rapides doivent faire du mal. On dit qu'en Angleterre il est défendu sur les chemins de fer défaire plus de 120 verstes à l'heure.

Je méditai longtemps ; mais à dix heures du soir j'étais auprès du vieux chêne.

XVIII

La nuit était sombre, triste et froide ; l'air sentait la pluie. A ma grande surprise, je ne trouvai personne sous le chêne. Je me promenai quelque temps aux environs ; j'allai jusqu'au bois, je revins, essayant toujours de pénétrer la profondeur des ténèbres… Personne ! J'attendis assez longtemps, puis j'appelai Ellice à plusieurs reprises, élevant toujours la voix de plus en plus, mais toujours inutilement. J'étais triste, presque malade. Déjà je ne pensais plus au danger qui tout à l'heure me préoccupait. Je ne pouvais me faire à l'idée qu'Ellice ne reviendrait plus.

— Ellice ! Ellice ! viens donc ! Ne viendras-tu pas ? criai-je une dernière fois. Un corbeau, éveillé par ma voix, s'élança tout à coup de la cime d'un arbre voisin, s'agitant et battant des ailes au milieu des branchages. Ellice ne paraissait pas.

La tête baissée, je m'en retournai à la maison. J'étais déjà sur la chaussée de l'étang, et la lumière qui sortait de la fenêtre de ma chambre tantôt brillait en plein, tantôt disparaissait interceptée par le feuillage de mes pommiers. Elle me semblait l'œil d'un gardien chargé de veiller sur moi. Tout à coup une sorte de petit frôlement dans l'air se fit entendre derrière moi, et aussitôt je me sentis soulevée, absolument comme une caille est emportée, *troussée* par un milan. C'était Ellice. Sa joue touchait la mienne, et je sentais son bras m'enlaçant comme une chaîne froide. Elle parla, et sa voix, toujours contenue comme un petit murmure, en entrant dans mon oreille, me fit l'effet d'un souffle glacé. « C'est moi ! » disait-elle. J'éprouvais tout à la fois du plaisir et de la terreur. Nous volions à peu de distance du sol.

— Tu ne voulais donc pas venir aujourd'hui ? lui demandai-je.

— Tu en étais fâché ? Tu m'aimes donc ! Oh ! tu es à moi ! Ces derniers mots me troublèrent ; je ne savais que lui dire.

— On m'a retenue, poursuivit-elle. Ils me gardaient.

— Qui donc a le pouvoir de te retenir ?

— Ou veux-tu aller ? me demanda Ellice sans répondre plus que d'habitude à ma question.

— Porte-moi en Italie… au bord du lac… tu sais…

Elle secoua la tête d'un air résolu. En ce moment, pour la première fois, je remarquai que son visage n'était plus transparent. Je considérai ses yeux, et son regard me frappa désagréablement. Il y avait au fond de ses yeux un mouvement sinistre qui faisait penser à un serpent engourdi que le soleil commence à réchauffer.

— Ellice, m'écriai-je, qui es-tu ? Dis-le-moi, je t'en supplie. Elle haussa les épaules. J'étais piqué, et je voulus lui donner une leçon. L'idée me vint de lui demander de me mener à Paris. Là, pensai-je, elle aura bien occasion d'avoir de la jalousie. — Ellice, lui dis-je, tu n'as pas peur des grandes villes ? De Paris, par exemple ?

— Non.

— Non ? Ni des endroits fort éclairés, comme les boulevards ?

— Ce n'est pas la lumière du jour.

— Très bien. Alors porte-moi au boulevard des Italiens.

Elle jeta sur ma tête un bout de sa longue manche. Aussitôt je me trouvai au milieu d'un brouillard blanchâtre, imprégné d'une odeur de pavots. Tout disparut à la fois, la lumière, le bruit et presque la conscience… A peine sentais-je que je vivais encore, et cette espèce d'anéantissement n'était pas sans douceur. Tout d'un coup le brouillard se dissipa. Ellice retirait sa manche de dessus ma tête, et je voyais au-dessous de moi un grand nombre de vastes édifices, beaucoup de lumière et de mouvement… J'étais à Paris.

XIX

J'étais déjà allé à Paris, et je reconnus aussitôt l'endroit où Ellice m'avait apporté. C'était le jardin des Tuileries avec ses vieux marronniers d'Inde, ses grilles de fer, ses cris de forteresse assiégée et ses zouaves en faction semblables à des bêtes fauves. Nous passâmes devant le palais, devant Saint'Roch, et nous nous arrêtâmes au boulevard des Italiens. Une foule de gens, jeunes et vieux, ouvriers en blouses, femmes en toilette, se pressaient sur les trottoirs. Des restaurans et des cafés dorés à outrance étincelaient de mille feux. Omnibus, fiacres, voitures de toute espèce et de toute apparence se croisaient sur la chaussée. Tout cela brillait, grouillait à ne pas savoir où porter les yeux. Pourtant, chose étrange, je n'étais nullement tenté de quitter mon observatoire aérien, si haut et si pur, pour me mêler à cette fourmilière humaine. Je sentais monter jusqu'à moi une vapeur rouge, chaude, lourde et d'odeur douteuse. On étouffe en pareille cohue. J'hésitais, quand, aigre comme le sifflet d'une locomotive, la voix d'une lorette s'éleva jusqu'à moi. Cette voix devait parler la langue de l'effronterie, et elle me fit l'effet d'une piqûre de vermine. Alors je me représentais un visage de pierre, plat, mafflé, une vraie mine parisienne, des yeux d'usurier, du blanc, du rouge, des cheveux crêpés, un bouquet criard de fleurs artificielles sous un chapeau exigu, des ongles taillés en griffes et une informe crinoline. Je me représentans encore notre ami provincial, homme qui passe pour sérieux, courant après une vilaine poupée à ressorts exposée en vente. Je le vis mystifié et stupide, grasseyant pour imiter les façons des garçons de Véfour, piaillant, faisant des courbettes et des platitudes. Saisi de dégoût, je me dis : Ce n'est pas ici qu'Ellice sera jalouse.

Cependant je remarquai que nous commencions à descendre… Paris envoyait à notre rencontre tous ses bruits et tous ses parfums.

— Arrête ! dis-je à Ellice. Est-ce que tu ne trouves pas qu'on étouffe ici ?

— C'est toi même qui as voulu venir à Paris.

— J'ai eu tort, mais je change d'idée. Emporte-moi loin d'ici, Ellice, je t'en prie. Tiens ! voici justement le prince Koulmameto qui trotte sur le boulevard et son ami Serge Varaxine qui lui fait signe de la main et lui crie : « Ivan Stépanitch, allons souper. » Emmène-moi, Ellice, loin de Mabille, de la Maison-Dorée, loin du Jockey-Club, loin des soldats au front rasé et de leurs casernes monumentales, loin des sergens de ville, des verres d'absinthe trouble, des joueurs de domino et des joueurs à la Bourse, des rubans rouges à la boutonnière de l'habit et à la boutonnière du paletot, loin des cours de littérature et des brochures gouvernementales, loin des comédies parisiennes, des opéras parisiens, des politesses parisiennes et des grossièretés parisiennes. Partons ! partons ! partons ! — Regarde en bas, me dit Ellice. Déjà tu n'es plus au-dessus de Paris.

J'ouvris les yeux. En effet, une plaine sombre, sillonnée çà et là de lignes blanchâtres tracées par les routes, fuyait rapidement au-dessous de nous, et loin à l'horizon, telle que la lueur d'un immense incendie, s'élevait vers le ciel la réverbération des innombrables lumières éclairant la capitale du monde.

XX

La manche d'Ellice tomba de nouveau sur mes yeux, de nouveau je perdis connaissance, puis le nuage se dissipa.

Qu'est cela ? quel est ce parc avec des allées de tilleuls taillés en murailles, des sapins isolés qui ressemblent à des parasols, des portiques et des temples dans le goût Pompadour, des statues de tritons rococo et des nymphes dans le style du Bernin au milieu de ces bassins bizarrement découpés, entourés de balustrades de marbre enfumé ? Serait-ce Versailles ?... Non, ce n'est pas Versailles, le palais est médiocre ; l'architecture non moins rococo se détache sur un massif de chênes ébouriffés. La lune est un peu terne, voilée par une légère brume ; on dirait que sur le sol s'étend une mince couche de fumée. L'œil ne peut deviner ce que c'est. Est-ce le reflet de la lune ou bien une vapeur ? Plus loin, sur un des bassins, flotte un cygne endormi. Son dos allongé me rappelle la neige de nos steppes raffermie par la gelée. Çà et là des vers luisans brillent comme des diamans au milieu du gazon et sur les socles des statues.

— Nous sommes près de Mannheim, dit Ellice, et voici le parc de Schwetzingen.

— Ah ! nous sommes en Allemagne, pensai-je, et je prêtai l'oreille. Tout était muet, sauf un ruisseau solitaire et invisible qui tombait en cascade. Il me sembla que l'eau répétait toujours ces mêmes mots : « Là, là, là, toujours là. » Au milieu d'une allée, entre deux murailles de verdure, j'aperçus un gentilhomme en habit galonné, talons rouges, manchettes arrondies, l'épée battant les mollets, qui donnait la main avec une grâce exquise à une belle dame en paniers, frisée, poudrée à frimas… Pâles et étranges figures !… Je veux les voir de plus près, mais elles disparaissent aussitôt, et je n'entends que l'éternel murmure de la cascade.

— Voilà des rêves qui se promènent, me dit Ellice. Hier on pouvait voir bien autre chose… beaucoup de choses… Cette nuit, les rêves eux-mêmes fuient les regards humains. Allons ! allons !

Nous nous élevâmes et nous mîmes à voler si droit que je ne sentais pas le moindre mouvement et que tous les objets au-dessous de nous semblaient accourir à notre rencontre. Des montagnes sombres, dentelées, couvertes de bois, croissaient, fuyaient sous nos yeux, suivies par d'autres montagnes avec leurs ondulations, leurs ravins, leurs clairières, leurs points lumineux, sortant des chalets endormis au bord des ruisseaux… Et toujours aux montagnes succédaient d'autres montagnes. Nous étions au milieu de la Forêt-Noire.

Toujours des montagnes, toujours des forêts, d'admirables forêts vieilles, mais vigoureuses. La nuit est claire ; je distingue toutes les espèces d'arbres, surtout les hauts sapins au tronc droit et blanc. Par momens, à l'orée des bois, se montrent des chevreuils en groupes bien ordonnés. Fièrement campés sur leurs petites jambes, tournant la tête avec grâce, ils font le guet dressant leurs oreilles épanouies en pavillon de trompette. Les ruines d'un donjon au sommet d'un rocher nu élèvent tristement leurs dentelures ébréchées. Au-dessus des vieilles pierres scintille paisiblement une petite étoile. D'un petit lac noir sort la plainte mystérieuse, la glapissante lamentation des jeunes crapauds. D'autres bruits m'étonnent. Ils arrivent de loin, profonds et semblables aux frémissemens de la harpe éolienne… Nous sommes dans le pays des légendes. Ici encore cette mince vapeur rasant la terre, que j'avais remarquée à Schwetzingen, s'étend de tous côtés. C'est dans les vallons surtout qu'elle est le plus intense. J'en compte cinq, six, dix nuances distinctes sur les versans des montagnes, et sur cette vaste et monotone étendue c'est le règne mélancolique de la lune. L'air est vif et léger. Je me sens léger moi-même, singulièrement calme et triste tout à la fois.

— Ellice, dis-je, tu dois aimer ce pays ?

— Moi ? je n'aime rien.

— Comment ? pas même moi !

— Ah ! oui, toi, répondit-elle nonchalamment.

Je crus sentir que son bras me serrait avec une force nouvelle. — En avant ! en avant ! s'écria-t-elle avec une sorte d'emportement froid.

XXI

Un cri prolongé comme par roulades retentit inopinément au-dessus de nos têtes et un peu en avant de nous.

— C'est l'arrière-garde des grues en marche vers le nord, me dit Ellice. Joignons-nous à elles, veux-tu ?

— Oui, volons avec les grues.

Treize gros oiseaux de forme élégante, rangés en triangle, s'avançaient rapidement par élans vigoureux, mais renouvelés à d'assez rares intervalles. Étendant leurs ailes bombées, raidissant le col et les pattes, présentant leurs fortes poitrines, ils s'élançaient avec tant d'impétuosité, que l'air sifflait autour d'eux. C'était étrange de voir à cette hauteur, si loin de tout être vivant, cette existence énergique et hardie, cette volonté irrésistible. Sans cesser de fendre l'air, les grues échangeaient de temps en temps quelques cris avec leur camarade à la pointe du triangle, et dans cette conversation à la hauteur des nuages, dans ces cris éclatans, se révélaient la fierté, le sentiment d'une situation grave et la confiance absolue dans leurs forces. — Nous volerons jusqu'au bout malgré la fatigue, se disaient-elles en s'encourageant l'une l'autre. — En ce moment, je me dis qu'en Russie… oui, en Russie, il n'y a que peu d'hommes qui ressemblent à ces oiseaux.

— Maintenant nous volons en Russie, me dit Ellice.

Ce n'était pas la première fois que j'en faisais la remarque : la plupart du temps Ellice connaissait ma pensée. — Veux-tu changer de route ? me demanda-t-elle.

— Changer ?… non, je viens de Paris, porte-moi à Pétersbourg.

— Maintenant ?

— Tout de suite. Seulement couvre-moi de ta manche, de peur du vertige. Silice étendit la main ;… mais, avant que le brouillard m'enveloppât, je sentis sur mes lèvres le contact de ce dard émoussé dont j'avais déjà éprouvé la molle piqûre.

XXII

— Garde à vous… ou… ou… ou ! — Ce cri prolongé retentit à mes oreilles. — Garde à vous… ou… ou… ou… ! — répondit-on dans le lointain d'un effort désespéré. — Garde à vous… ou… ou ! — Le cri expira quelque part au bout du monde. Je me secouai. Une grande flèche dorée se dressait devant mes yeux. Je reconnus la forteresse de Pétersbourg.

Pâle nuit du nord !… mais est-ce la nuit ? n'est-ce pas plutôt un jour blafard et malade ? Je n'ai jamais aimé les nuits de Pétersbourg, mais cette fois j'en fus presque effrayé. Le visage d'Ellice avait complètement disparu, dissous, fondu comme un brouillard matériel par le soleil de juillet, et cependant je continuais à voir mon corps distinctement, tandis que j'étais suspendu dans l'air à la hauteur de la colonne d'Alexandre. Ainsi nous voilà à Pétersbourg ! C'est bien cela : ces rues désertes, larges, couleur de cendre ; ces maisons gris blanchâtre, jaune grisâtre, gris lilas, couvertes de stuc écaillé, avec leurs fenêtres enfoncées, leurs enseignes de couleurs criardes, leurs auvens en fer au-dessus des perrons ; les sales boutiques de fruits, les frontons grecs en plâtre, les écriteaux, les auges pour les fiacres, les corps de garde de police ! Voici la coupole dorée de Saint-Isaac, la Bourse, qui ne sert à rien, et ses bariolages, les murs de granit de la forteresse et le pavé en bois tout brisé. Je reconnais ces barques chargées de foin et de fagots. Je retrouve ces senteurs de poussière, de choux, d'écorce de tilleul et d'écurie, ces portiers pétrifiés dans leurs pelisses, ces cochers de louage qui dorment ratatinés sur leurs *drochki*. Oui, voilà bien notre Palmyre du nord. Tout est éclairé, tout se dessine avec une netteté qui fait mal au cœur, et tout dort entassé au milieu de cette atmosphère trouble, mais diaphane. Le rose du crépuscule d'hier soif, ce rose de poitrinaire, n'est pas encore effacé ; il durera jusqu'au matin dans un ciel blanc sans étoiles. Ses reflets tombent en longues raies sur la surface moirée de la Neva, qui murmure et pousse doucement ses flots bleus et froids vers la mer.

— Volons ! s'écria Ellice.

Et, sans attendre ma réponse, elle m'enleva à l'autre rive du fleuve, au-delà de la place du Palais, près de la fonderie. Au-dessous de nous, j'entendis des pas et des voix. Dans la rue passait une bande de jeunes gens à la mine fatiguée, qui parlaient entre eux d'un cours de danse. « Sous-lieutenant Stolpakof VII[6] ! » s'écria tout à coup une sentinelle réveillée en sursaut auprès d'un tas de boulets rouilles. Un peu plus loin, à la fenêtre ouverte d'une grande maison, j'aperçus une jeune personne en robe de soie chiffonnée, les bras nus, les cheveux dans une résille de perles, une cigarette à la bouche. Elle lisait dévotement un livre. C'était un volume dû à la plume d'un Juvénal très moderne.

— Envolons-nous bien vite, dis-je à Ellice.

En un instant, les petits bois de sapins rabougris et les marais moussus qui environnent Pétersbourg avaient fui au-dessous de nous. Nous nous dirigions droit vers le sud. Le ciel et la terre devenaient peu à peu de plus en plus sombres. Nuit maladive, jour maladif, cité maladive, nous laissâmes tout loin en arrière.

XXIII

Nous volions plus lentement que de coutume, et je pouvais suivre de l'œil les changemens qui par degrés se manifestaient sur ma terre natale. C'était un panorama sans fin : des bois, des bruyères, des champs, des ravins, des rivières ; de loin en loin, des églises et des villages, puis encore des champs, des ravins, des rivières. J'étais de mauvaise humeur, indifférent, ennuyé. Et si j'étais ennuyé et chagrin, ce n'était pas parce que je volais au-dessus de la Russie. Non ! mais cette terre, cette étendue plate au-dessous de moi, tout le globe du monde avec sa population éphémère, chétive, suffoquant de besoins, de douleur, de maladies, attachée à cette motte de misérable poussière,… cette écorce fragile et rugueuse, cette excroissance sur le grain de sable de notre planète, sur laquelle a filtré une moisissure ennoblie par nous du nom de règne végétal,… ces hommes-mouches, mille fois plus méprisables que les mouches, leurs demeures de boue, les petites traces de leurs misérables et monotones querelles, leurs ridicules batailles contre l'immuable et l'inévitable… Ah ! que tout cela m'était odieux ! Mon cœur se soulevait par degrés, et je ne voulus plus contempler un tableau si insignifiant, une caricature si triviale. J'étais ennuyé, plus qu'ennuyé : je n'éprouvais même plus de pitié pour mes semblables. Tous mes sentimens se fondaient en un seul, que j'ose à peine avouer, le dégoût, et, qui pis est, le dégoût de moi-même.

— Cesse ! murmura Ellice ; cesse, ou je ne pourrais plus te porter. Tu deviens lourd.

— A la maison ! lui dis-je, du même ton que j'aurais parlé à mon cocher, vers quatre heures du matin, sortant de dîner chez un de mes amis de Moscou, après avoir causé de l'avenir de la Russie et de ce qu'il faut entendre par *intérêt général*.

— A la maison ! lui dis-je, et je fermai les yeux.

XXIV

Je les rouvris bientôt. Ellice se serrait contre moi d'une manière étrange, comme si elle eût voulu m'étouffer. Je la regardai, et tout mon sang se glaça. Celui qui a vu un visage humain exprimer inopinément l'effroi le plus vif sans cause apparente, celui-là comprendra mon impression. L'épouvante, la plus poignante terreur contractait, bouleversait les traits d'Ellice. Je n'avais encore rien observé de semblable sur un visage vivant… Un fantôme inanimé, une créature surhumaine, une ombre, et cette épouvante inouie !…

— Ellice, qu'as-tu ? lui demandai-je.

— Elle ! C'est elle ! répondit Ellice avec effort. C'est elle !

— Qui ? Elle ?

— Ne prononce pas son nom ! ne le prononce pas ! balbutia-t-elle précipitamment. Il faut fuir ! Tout finit… et pour jamais !… Regarde ! la voilà.

Je tournai les yeux dans la direction de sa main tremblante, et j'aperçus quelque chose…, quelque chose de vraiment effroyable. Ce quelque chose était d'autant plus effroyable qu'il n'avait pas une forme déterminée… C'était une lourde masse, sombre, d'un noir jaunâtre, tacheté comme le ventre d'un lézard. Ce n'était ni un nuage ni une vapeur. Cela s'étendait sur la terre lentement, à la manière d'un reptile ; puis tout à coup des mouvemens énormes, tantôt en haut, tantôt en bas, ressemblaient à l'action d'un oiseau de rapine s'apprêtant à saisir sa proie. Par momens, cela s'abaissait sur la terre par bonds hideux… C'est ainsi que l'araignée se jette sur la mouche prise dans sa toile. — Quelle es-tu, masse épouvantable ?… — A son approche, — je le voyais et je le sentais, — tout était saisi d'engourdissement, tout tombait en dissolution. Un froid vénéneux et empesté se répandait alentour, et à la sensation de ce froid le cœur se soulevait, les yeux cessaient de voir, les cheveux se hérissaient sur la tête. C'était une force en mouvement, une force insurmontable, que rien n'arrête, qui, sans forme, sans vision, sans pensée, voit tout, sait tout, aussi ardente que l'oiseau de proie à saisir sa victime, aussi rusée que le serpent, et comme lui armée d'un aiguillon de glace.

— Ellice ! Ellice ! m'écriai-je en frissonnant, c'est la mort ! c'est elle ! Un cri de douleur, que j'avais entendu déjà, sortit des lèvres d'Ellice ; mais cette fois c'était la plainte du désespoir. Nous précipitâmes notre vol en faisant des tours et des crochets continuels : tour à tour Ellice s'élevait et plongeait dans l'air, tournant sans cesse et changeant de direction à la manière d'une perdrix blessée ou comme celle qui cherche à éloigner le chien de chasse de sa couvée. Et cependant de cette masse informe se détachaient de longs tentacules, des espèces de bras immenses, s'allongeant à notre poursuite, étendant vers nous des mains, des griffes… Un spectre gigantesque monté sur un cheval pâle parut tout à coup dans le ciel… Ellice redoublait ses efforts désespérés. — Elle a vu !… c'en est fait ! je suis perdue, s'écriait-elle au milieu de sanglots entrecoupés. Hélas ! malheureuse ! j'aurais pu… La vie eût été pour moi… et maintenant ! anéantie ! anéantie !

En entendant ces derniers mots à peine articulés, je perdis connaissance.

XXV

Quand.je revins à moi, j'étais étendu à la renverse sur le gazon, et dans tous mes membres je ressentais une douleur sourde comme à la suite d'une chute violente. L'aube paraissait, et les objets étaient déjà distincts. A quelque distance de moi, une route bordée de petits saules passait le long d'un bois de bouleaux. Ce lieu m'était connu. Je commençai à me rappeler tous les événemens de la nuit, et je frissonnai en pensant à l'horrible apparition qui s'était présentée à mes yeux. — Mais pourquoi, me disais-je, pourquoi Ellice a-t-elle été si effrayée ? Est-elle, elle aussi, soumise à *son* empire ? Peut-être n'est-elle pas immortelle, peut-être est-elle prédestinée à la destruction, à l'anéantissement ! Comment est-ce possible ?

Un faible soupir se fit entendre auprès de moi ; je tournai la tête. A deux pas de moi gisait, étendue sur l'herbe, une jeune femme sans mouvement, vêtue d'une longue robe blanche. Ses longs cheveux étaient épars, et une de ses épaules découverte. Sa main gauche était derrière sa tête, l'autre reposait sur sa poitrine ; ses yeux étaient clos, et sur ses lèvres serrées j'aperçus comme une légère écume rouge. Était-ce Ellice ? Mais Ellice était un fantôme, et devant moi était une femme en chair et en os. Je me traînai vers elle, et me penchant sur son visage : — Ellice, lui dis-je, est-ce toi ? — Aussitôt elle frissonna ; ses paupières s'ouvrirent, et ses grands yeux noirs se fixèrent sur moi. J'étais comme transpercé, imbibé de son regard… et presqu'au même moment sur mes lèvres se collèrent des lèvres chaudes, douces, mais avec une odeur de sang. Je sentis son sein brûlant pressé sur ma poitrine, tandis que ses bras s'enlaçaient autour de mon cou. — Adieu ! adieu pour toujours ! dit-elle d'une voix mourante… Et tout disparut.

Je me levai chancelant comme un homme ivre, et je cherchai longtemps autour de moi, tout en me passant à chaque instant les mains sur le visage. Enfin je me retrouvai sur la route de N… à deux verstes de ma maison. Le soleil était levé lorsque je regagnai mon appartement.

La nuit suivante, j'attendis, et non sans terreur, je l'avoue, l'apparition de mon fantôme ; mais il ne revint plus. Une fois j'allai la nuit sous le vieux chêne, mais je ne vis rien d'extraordinaire. Je ne regrettais guère ces entrevues étranges. Longtemps j'ai médité sur mon aventure ; je m'assurai que la science ne pouvait l'expliquer, et que les légendes et les traditions ne rapportent rien de semblable. Qui était Ellice ? Une apparition, une âme en peine, un malin esprit, un vampire ? Souvent il m'a semblé qu'Ellice était une femme que j'avais connue autrefois… J'ai fait des efforts inouis pour me rappeler où je l'avais vue… Une fois… aujourd'hui, dans ce moment même, je me souviens… Où ?… Non ; tout se confond dans ma mémoire comme dans un songe… Oui ; j'ai longtemps réfléchi là-dessus, et, ce qui ne surprendra personne, je n'en suis pas plus avancé. Demander conseil à mes amis, je n'ai pu m'y décider, de peur de passer pour fou. Enfin je prie le parti de n'y plus songer, et au vrai j'avais bien d'autres affaires en tête… D'un côté est venue l'émancipation avec les arrangemens de propriétés ; d'un autre côté, ma santé est gravement altérée. Je souffre de la poitrine, j'ai des insomnies, une toux sèche. J'ai beaucoup maigri. Mon visage est pâle comme celui d'un mort. Le docteur assure que mon sang est appauvri. Il appelle mon état maladif une *anémie*. Il m'envoie à Gastein. Mon homme d'affaires jure que sans moi il ne saura s'arranger avec les paysans. Ma foi ! qu'il s'arrange !

Mais que signifient des sons parfaitement distincts, clairs, des sons d'harmonica que j'entends toutes les fois qu'on parle devant moi de la mort de quelqu'un ? Ils deviennent de plus en plus forts, de plus en plus éclatons. Et pourquoi ce frisson si pénible à la seule pensée de l'anéantissement ?…

I. TOURGUENEF.

Traduit par PROSPER MERIMEE.

1. ⭡ Ce mot d'*apparitions* traduit littéralement le titre russe *Peizraka*. Il indique avec une netteté parfaite le caractère des scènes qu'on va lire, et qui ont mérité, après avoir pris place, il y a trois ans, parmi les meilleurs pages de M. Tourguenef, de rencontrer un traducteur comme M. Prosper Mérimée.
2. ⭡ Ces mots, qui appartiennent, je crois, a un dialecte tartare, étaient le cri de guerre des pirates du Volga. À ce cri, les équipages des bateaux abordés par les corsaires se couchaient à plat ventre sous peine d'être égorgés.
3. ⭡ Stepan ou Stenka Razine, cosaque du Don, d'abord pirate sur le Volga et dans la Mer-Caspienne, puis chef d'une insurrection formidable de serfs, qui prit Astrakhan et dévasta plusieurs provinces de la Russie méridionale vers le milieu du XVIIe siècle. Il fut roué vif.
4. ⭡ Diminutif de Flore, nom du frère de Stenka.
5. ⭡ C'est ainsi que dans le peuple on désigne les gentilshommes
6. ⭡ Les officiers du même nom dans l'armée russe sont distingués par un numéro.